LOUIS PIEROTTI

QUI TROP EMBRASSE...

COMÉDIE EN UN ACTE

Représentée pour la première fois, au théâtre du Gymnase
à Marseille, le 29 avril 1881.

Prix **1** franc

MARSEILLE

LIBRAIRIE MARSEILLAISE

RUE PARADIS, 34

1881

QUI TROP EMBRASSE...

COMÉDIE EN UN ACTE

A Monsieur HORACE BERTIN

HOMMAGE

LOUIS PIEROTTI

QUI TROP EMBRASSE...

COMÉDIE EN UN ACTE

*Représentée pour la première fois, au théâtre du Gymnase
à Marseille, le 29 avril 1881.*

MARSEILLE

LIBRAIRIE MARSEILLAISE

RUE PARADIS, 34

1881

PERSONNAGES

MARGUERITE, femme de Mallard, 25 ans. Mme Beysson.
CLORINDE, sœur de Mallard, 35 ans... Mlle Lanzy.
MALLARD, rentier, 40 à 45 ans...... MM. Pagès.
GUSTAVE, étudiant, 25 ans......... J. Roche.

La scène se passe à la campagne, de nos jours.

Pour tous renseignements complémentaires, s'adresser à l'Editeur.

QUI TROP EMBRASSE...

La scène se passe à la campagne, en automne. Salon donnant sur un jardin, portes latérales et au fond. Guéridon à gauche sur lequel est une broderie. Canapé à droite. Chaises. Sur le guéridon également un petit miroir, un registre.

SCÈNE PREMIÈRE

MARGUERITE

MARGUERITE entre par la gauche, une lettre à la main. Elle vient s'asseoir auprès du guéridon à gauche. Une fleur au corsage.

A-t-on une idée d'une pareille maladresse, mon mari qui vient d'autoriser, d'engager notre voisin, Monsieur Gustave à venir chasser chez nous, avec cela Théophile est toujours absent, et les assiduités de ce jeune homme me lassent. (Elle se regarde au miroir posé sur la table) Il est certainement bien... très bien, mais ce n'est pas une raison ! Vos yeux, me disait-il hier, oh vos yeux me perdront ! Faut-il que je prenne des lunettes bleues ? mon mari pourrait bien lui, être plus assidu ! (Prenant la lettre) J'ai imaginé un moyen, j'écris à Théophile ces seules paroles : *Méfiez-vous!* et comme il est assez absorbé par son cercle pour laisser de côté tout ce qui ne vient pas de là, j'ai pris une enveloppe portant l'estampille sacramentelle *Cercle de la Confiance*, peut-être ces deux mots lui feront-ils ouvrir les yeux.

SCÈNE II

GUSTAVE.— MARGUERITE (*)

GUSTAVE avançant la tête puis entrant, un fusil en bandouillère)

Je disais bien que je finirais par vous trouver seule...

MARGUERITE (Se levant surprise)

A qui ?

GUSTAVE

A moi donc !... Croyez-vous, Madame, qu'on raconte ses amours à tout le monde ?

MARGUERITE

Taisez-vous, si mon mari apprenait jamais...

GUSTAVE

Votre mari ! Il a mieux à faire !

MARGUERITE (sévèrement)

Vous oubliez que vous êtes ici chez lui.

GUSTAVE

C'est vrai ! mais cela m'a coûté assez d'efforts ; ah ! il n'aura pas à se reprocher d'avoir réchauffé le serpent dans son sein.

MARGUERITE

J'espère bien cependant, que si vous avez pour moi quelque amitié....

GUSTAVE (soulignant)

Amour... Pardon, Amour...

MARGUERITE (nettement)

Amitié ! vous ne resterez pas ici.

GUSTAVE

Rester, non! y revenir souvent, oui.

_____

(*) Marguerite, Gustave.

MARGUERITE (impatientée)

Mais vous le savez bien aujourd'hui, tout espoir...

GUSTAVE (se rapprochant)

N'est pas perdu.

MARGUERITE (dignement)

Monsieur !

GUSTAVE

Eh ! quoi ! vous avez espéré un moment que j'abandonnerais la partie ainsi, quand j'avais des chances...

MARGUERITE

Des chances ?

GUSTAVE

Mais oui ! et beaucoup de chances encore... (finement) Oh ! ne vous en défendez pas ! Ne vous souvient-il plus, de ce jour ou vous m'avez empêché de vous embrasser, de vous baiser la main même ? Il y avait de l'émotion dans votre voix ! et vous si douce, vous m'avez repoussé, comme cela ne vous était jamais arrivé... avant votre... mariage... brutalement ! (avec persuasion) Vous vous défendiez ; or, pour se défendre il faut craindre... pour craindre il faut haïr... (anxieux... il prend sa main) ou bien il faut aimer !... Oh ! ne niez pas, voyons dites, dites.

MARGUERITE (résolument)

Non ! je n'ai jamais dit cela !

GUSTAVE (soupirant)

Oh! Marguerite ! Rappelez-vous, le serment que vous me fîtes de penser souvent, toujours à moi !

MARGUERITE

Penser, oui ! mais de là à vous aimer... et puis.

GUSTAVE (suppliant)

Et puis...

SCÈNE III

LES MÊMES. — CLORINDE (entre à droite)

MARGUERITE (elle se rassied)

Ciel ! Clorinde ! nous sommes perdus ! (à part) Ah ! Théophile, Théophile, on ne peut pas être partout à la fois !

GUSTAVE (à part)

Je ne l'aimais déjà pas tant, celle-là !

CLORINDE (à part)

Que pouvait-il lui demander (Marguerite s'est vivement remise et brode).

GUSTAVE (à part)

Bah ! entre femmes elles s'entendront toujours. (d'un ton léger) Au revoir, Mesdames.

CLORINDE (de même)

Il pourrait dire : et Mademoiselle (Gustave en sortant menace du geste Clorinde. Celle-ci se retourne et Gustave la salue gracieusement.) Ah ! mon pauvre petit cœur, aurais-tu trouvé ton maître ! (Gustave sort).

SCÈNE IV

CLORINDE. — MARGUERITE

CLORINDE (à Marguerite)

Vous causiez ?...

MARGUERITE

Chasse.

CLORINDE (calinement)

Bien vrai ?

MARGUERITE (à part)

Cette question ? (haut) mais oui ! chère belle sœur ! Ce jeune homme est si drôle, d'un caractère si gai.

CLORINDE

Oh ! pas toujours ! il a des moments sérieux.

MARGUERITE (indifférente)

C'est possible ! mais qui s'y arrêterait ?

CLORINDE

Oh ! je connais quelqu'un qui s'y arrête, qui s'y endort même sur ces moments-là...

SCÈNE QUATRIÈME

MARGUERITE (blessée)

Par exemple ! (elle se lève) Eh ! quoi !

CLORINDE (timidement)

Hélas ! (elle soupire).

MARGUERITE (à part)

Il se pourrait? (haut) Au fait, ce redoublement de coquetterie pour une personne sérieuse...

CLORINDE (froissée)

Marguerite.

MARGUERITE

Modeste.. si vous voulez; et... vous aimez M. Gustave, mais... alors sa présence...

CLORINDE (avec fatuité)

N'a pas d'autre but! Ah! je l'ai bien vite compris, allez! et pourquoi pas, en somme, je trouve déplacée cette surprise que vous dissimulez tout juste ! est-il donc impossible qu'on m'aime ?

MARGUERITE (railleuse)

Oh ! pouvez-vous dire !.. qui oserait prétendre cela ?

CLORINDE (rassurée)

Personne assurément mais c'est tout comme, on ne s'occupe pas de moi, et dame.. nous connaissons depuis longtemps cette famille... l'occasion s'est offerte...

MARGUERITE (railleuse)

Vous la saisissez au bond ! on ne vous résistera pas ?

CLORINDE (minaudant)

On est trop bien disposé pour cela. Oh ! je vois clair dans les desseins de notre voisin, j'ai l'expérience de la vie.

MARGUERITE (à part)

Si jeune.

CLORINDE

Et puis, je le répète, Théophile, s'occupe trop peu de moi. Lui, marier sa sœur? Allons donc ! Tenez, il vous néglige bien, vous qui êtes sa femme !

MARGUERITE

Oh ! certainement, je le reconnais. (à part) C'est qu'aussi, le placement est difficile.

CLORINDE

Parlez lui d'organiser son cercle, et de sa partie de tric-trac, sa boite, comme il l'appelle, c'est tout !

MARGUERITE

Hélas ! j'avais espéré en quittant la ville, qu'il perdrait cette habitude du Cercle, je m'étais même informée, il n'existait ici aucun groupe avant notre arrivée. Il y a trois jours, Monsieur votre frère m'annonce avec un éclat de joie, qui tenait du délire, qu'il a réuni 24 adhésions, que les statuts sont déposés et que la première réunion a lieu le soir même... depuis il ne sort plus de là..

CLORINDE

Je lui avais demandé de vendre aux enchères mes vieux meubles, dont je ne tirerais rien sans cela. Ah ! bien oui ! il a mieux à faire, dit-il, mieux ! Ah ! qu'il prenne garde ! Qui trop embrasse....

(Mallard est entré depuis les derniers mots, au fond)

SCÈNE V

LES MÊMES — MALLARD (1)

MALLARD

Les absents ont toujours tort, — (à Clorinde) Ah ! cette fois c'est moi qui ai trouvé le proverbe (elle lui tourne le dos) Tranquillise-toi j'y songerai, si je retarde c'est dans ton intérêt ! (à part) Quand je serai nommée qu'elle influence !

CLORINDE

Vous êtes un gros négligent !

MALLARD (un bouquin à la main)

Gros est de reste ! négligent a assez de force ! Quel abus d'exagération ! (entr'ouvrant son livre) Un bon orateur...

CLORINDE (suivant ses mouvements lui tourne le dos et sort à droite)

Ah ! vous nous laissez assez souvent seules, pour que à mon tour (elle sort)

---

(1) Marg. Mal. Clo.

SCÈNE VI

MALLARD. — MARGUERITE (vers qui Malard s'avance en lisant)

MALLARD

Un bon orateur...

MARGUERITE (suivant Clorinde)

Et moi donc! ingrat! (à part) peut-être en le laissant, en lui battant froid éveillerai-je son attention... et puis, la lettre! (elle sort à droite également)

SCÈNE VII

MALLARD (fermant son livre)

Les bons auteurs! voilà comment on les écoute. On me boude! Chère poule va! mais ces pauvres femmes ne peuvent pas comprendre qu'on s'attache à des questions qui ne les intéressent pas! Du moins elles en ont l'air, mais croyez-vous que celles qui s'occupent de politique le fassent pour revendiquer leurs droits? pas du tout! c'est parce qu'elles trouvent que leurs maris ne s'en occupent pas assez! il y a du bon au fond! mais la femme, comme toutes les questions difficiles, demande à être approfondie!... Ah! la politique! voilà mon élément! mon rêve! j'ai réussi en partie! il n'y avait pas de Cercles, j'ai étendu celui de mes connaissances et nous sommes constitués! Quel progrès! on a déjà parlé hier de candidature, Mulot l'électeur influent, m'a consulté moi! Il faut, me disait-il, un homme libre! — C'est moi! — ayant rendu des services, — C'est encore moi! — il n'a pas osé me le dire. (Il se frotte les mains et se dirige vers la porte à gauche) Oh! mais ça viendra! (voyant la lettre) Tiens, ça vient du Cercle. (il la prend vivement et sort à gauche.) ça viendra.

SCÈNE VIII

MARGUERITE

Elle entre du fond vivement, s'assurant qu'elle est seule.

Ah! C'est impossible, à tous prix il faut que cela finisse; ici, chez mon mari, oser me poursuivre! Tout à l'heure, là, dans le jardin, au risque d'être vu par le premier venu, il a pris ma main, en essayant de m'embrasser ! non, décidément ce garçon-là me compromettrait ! Ah ! certes, monsieur Mallard, vous mériteriez bien, pour la peine que vous y prenez. — Lui dire ce qui se passe ? Avec son caractère vif... non, c'est plus prudent... (écoutant un bruit de pas, elle prend un air alarmé) Le voici ! de l'audace.

SCÈNE IX

GUSTAVE — MARGUERITE (1)

GUSTAVE (avec crainte)

Ah ! ça ! Quel est ce mystère ?... ce rendez-vous donné par vous même ! serai-je enfin compris..!!

MARGUERITE (consternée)

Nous sommes surveillés, mon mari a des doutes....

GUSTAVE (incrédule)

Votre mari ?

MARGUERITE

Je vous l'affirme !

GUSTAVE

Allons donc ! il n'a en tête que son cercle et se soucie fort peu de vous ! ah ! il vous fait une jolie existence votre mari !

MARGUERITE (dignement)

C'est à moi seule qu'il appartient de juger !

GUSTAVE

Soit ! mais du moins expliquez-vous ?

MARGUERITE

Je ne veux pas continuer à vivre dans une inquiétude constante, je vous ai offert mon amitié, vous allez me le faire regretter! M. Mallard sait tout, je ne veux pas m'exposer, puisque en somme je suis innocente, à être surprise...

_____

(1) Gust. Marg.

SCÈNE X

LES MÊMES — MALLARD

MALLARD (venant de gauche la lettre à la main)

Je les tiens!

GUSTAVE (à part)

Est-ce que réellement.

MALLARD (à Gustave)

Ah! il avait fait des pieds et des mains pour entrer chez moi. (à part) Mon cercle ou chez moi c'est tout un. (haut) mais j'espère que nous en aurons fini avec ces mystères, il faut que tout se fasse au grand jour! c'est ma théorie à moi!...

MARGUERITE (bas)

Aurait-il remarqué sérieusement. (à Gustave) Vous voyez?

MALLARD (à Gustave)

Vous m'approuvez, n'est ce pas?

GUSTAVE (embrouillé)

Certainement... je... vous avez raison.... (résolument) Une explication sincère, loyale, est préférable... (à Marguerite) Aidez-moi donc?...

MALLARD (descend au 1er plan) (1)

Oh! c'est inutile, les preuves!..

MARGUERITE (tombe sur le canapé)

Oh! mon Dieu!

MALLARD

Qu'est-ce donc! Eh! il n'y a rien à craindre! Ces femmes! Quand je vous disais. elle n'y entendent rien!.. (2) Ils ont bien été forcés de céder et malgré les intrigues des jaloux, le cercle de la Confiance, ouvre officiellement ses portes dimanche! (changeant de ton et souriant à Gustave) Eh bien, chasseur, ça va?

_____

(1) Mal. Gust. Marg. (2) Gust. Mal. Marg.

GUSTAVE (respirant)

Au diable mes craintes!... (haut) Hum! çà viendra?

MALLARD

Je le désire, mon ami, je le désire ! je vous recom-
mande mes plates-bandes! (relisant la lettre au 1er plan) Ah!
sapristi, j'allais oublier ; (il lit) « Méfiez-vous, on vous
trompe ! » (il se retourne pour partir) Permettez que...
(à part) Méfiez-vous... (au fond).

MARGUERITE (se levant à demi)

Mon ami, il y a le compte du fermier à régler.....

MALLARD (se retournant)

Bon, bon, quand on me voit occupé à une affaire
sérieuse, toujours quelques futilités à mettre en avant!..
(il repart) plus tard !.. (Marguerite le suit).

GUSTAVE (suppliant)

Madame !..

MARGUERITE

Et la vente des vieux meubles ?...

MALLARD (s'arrêtant de nouveau)

De Clorinde ?.. Ah ! elle n'attend pas çà pour se
marier. Elle en a pour longtemps d'ailleurs (il repart
en riant.)

MARGUERITE (suppliant Gustave)

Je vous en prie... sortez!.. c'est une manœuvre... pour
nous surprendre !..

(Gustave hésitant, se rapproche de la porte)
MALLARD (se retournant furieux ! avec un accent de reproche
à Gustave qui suit — (entre les dents)

Restez-donc ! vous me rendez service! (Gustave s'arrête
net. Marguerite passe à gauche 1er plan.)

SCÈNE XI

GUSTAVE. — MARGUERITE (1)

MARGUERITE (sèchement à Gustave)

Eh! bien ! vous êtes encore là ?

_____

(1) Marg. Gust.

GUSTAVE (timide)

Vous le voyez ! j'ai voulu obéir !..

MARGUERITE (à part)

Non ! mon amour-propre est piqué ! (à Gustave, lui montrant la porte) J'espère, maintenant !..

GUSTAVE (caressant)

Écoutez-moi... il faut que je m'absente quelques jours pour régler certaines affaires en ville... réfléchissez, à mon retour...

MARGUERITE (suppliant)

Ne revenez pas !

GUSTAVE (s'approchant)

Et vous... m'écrirez ?

MARGUERITE

Oh !... vous écrire... nous verrons...

GUSTAVE (indiquant la fleur à son corsage.)

Alors !.. un petit... un tout petit souvenir...

MARGUERITE

Et... vous me promettez de partir ?

GUSTAVE

A l'instant !

MARGUERITE (prenant la fleur, la lui donne)

Alors... vite... (elle se sauve à gauche. Gustave la suit.)

GUSTAVE (avec feu)

Marguerite ! Marguerite ! Un baiser !.. un seul !... (Elle lui ferme la porte au nez, Clorinde paraît) Diable !

SCÈNE XII

GUSTAVE. — CLORINDE

CLORINDE (venant de droite)

(à part) Mon Dieu ! ce trouble devant moi...

GUSTAVE (empressé mais anxieux)

Mademoiselle ! (à part) Aurait-elle vu...?

CLORINDE (soupirant)

Me trouver seule ainsi avec ce jeune homme... si j'osais...
croyez bien, Monsieur, que j'ai compris ce qui...

GUSTAVE

Aïe !...

CLORINDE (de même)

A mon âge, où l'on se soucie peu de frivolités, un regard
dit assez...

GUSTAVE (embarrassé se croyant deviné)

Vous êtes femme !... Vous avez un cœur... et...

CLORINDE (émue)

Oh ! oui, j'ai un cœur !...

GUSTAVE (de même)

Ce cœur a peut-être aimé... déjà ?

CLORINDE

Hélas !... mais on ne l'a pas compris !...

GUSTAVE

Oh ! Si fait !... Croyez bien que je l'ai compris, allez !
et j'avoue... (à part se ravisant) Ah ! ça ! mais qu'est-ce que
j'allais donc dire là ? (il s'arrête et redescend)

CLORINDE

Mais pourquoi hésitez-vous ? Si votre amour est sincère !
il n'a pas besoin de se cacher ! (Gustave ahuri, se tait) Eh
quoi ! vous m'aimez et vous vous taisez.

GUSTAVE (de même, rassuré)

Elle ?

CLORINDE

Oh ! Monsieur, c'est mal, torturer ainsi un pauvre cœur,

GUSTAVE (levant en l'air le bras qu'il cachait)

Quelle idée ! avec ce prétexte, je pourrai peut-être encore
rester, en allant doucement, par exemple !

CLORINDE (à part)

Une fleur ! Ah ! mon Dieu ! quelle émotion.

GUSTAVE (respectueux)

Mademoiselle ! je n'aurais jamais osé...

CLORINDE (enhardie)

(à part) Oh! ces amoureux, quelle timidité! (haut regardant la main qu'il cache) Vous aviez à me remettre quelque chose... (feignant la surprise) Une fleur !... l'attention est délicate.

GUSTAVE (qui essaie de sortir, salue)

Oh! mais! Elle va vite!...

CLORINDE (d'un air pudique)

Oh! je l'accepte! Je l'accepte! mon ami!...

GUSTAVE (embarrassé avance la main)

C'est que... je... ne...

CLORINDE (lui arrachant la fleur)

On vient, je cours prévenir mon frère!

GUSTAVE

Oh ! mais, elle va trop vite la demoiselle ! (à Clorinde) Pardonnez-moi, mais... (à part) plus que ça! une réserviste!

CLORINDE (sur le seuil à droite, ravie)

Quelle timidité devant moi! lui, si gai! Battons le fer quand il est chaud ! (la main à son cœur) Et il, l'est chaud ! (elle sort)

SCÈNE XIII

GUSTAVE. — MALLARD (1)

GUSTAVE (se dirigeant vivement vers le fond)

Bah! une fois parti ! (Mallard paraît, il s'arrête net)

MALLARD (soucieux, les bras croisés)

On me l'avait dit: méfiez-vous?

(Gustave feint de se retirer.) (2)

Vous sortez?

_____

(1) Gust. Mal.
(2) Mal. Gust.

GUSTAVE

J'allais!...

MALLARD (amèrement haut)

C'est cela! Ayez donc des amis! (à part) Dans l'infortune il vous abandonneront (il le regarde avec dédain).

GUSTAVE (anéanti, s'assied sur le canapé)

Allons! cette fois, par exemple, j'y suis bien! il sait tout!

MALLARD (au public, même jeu)

Le candidat est choisi! l'électeur influent! l'hypocrite! Mulot quoi! l'homme libre! c'était lui! l'homme dévoué c'était lui! (il prend une chaise qu'il repousse brutalement) Le député Mulot! (avec mépris).

GUSTAVE (à part)

Marguerite avait raison décidément!

MALLARD (à Gustave de même)

Ah! on me trompait! oh! je saurai bien me venger! (attendri au public) Pour comble de disgrâce, j'ai fait ma partie habituelle, mon trictrac, ma boîte, j'étais surexité, j'ai perdu tout le temps! Et la galerie riait de ma déconfiture, elle se tordait la galerie! oh! j'ai juré du moins d'avoir ma revanche de ce côté; jai fait acheter une boîte, je ne sortirai plus d'ici, je jouerai du matin au soir... je... (regardant Gustave)

GUSTAVE (à part)

Ah! çà! mais... va-t-il être bien long dans ses réflexions. (Il se lève).

MALLARD (de même)

Tiens... mais... Ah! tu voulais m'abandonner toi! Attends un peu! Un homme qui me tue tout mon gibier.. C'est bien le moins... Et puis ils n'aime pas ce jeu là, je vais lui en faire avaler!.. (railleur) M. Gustave!

GUSTAVE (rajustant son gilet)

C'est le moment, soyons digne! Monsieur Mallard!... (il se lève, à part) il raille, c'est certain !

MALLARD (faisant le geste de lancer le dé en exagérant comme s'il tirait l'épée)

Savez-vous ?

GUSTAVE (à part)

Faisons bonne contenance (résolument et haut) Assez !

MALLARD (à part)

Il raille ! je vais lui donner une de ces leçons. (haut) Je peux alors compter sur vous ?

GUSTAVE (de même)

Je suis à vos ordres !...

MALLARD (de même)

Pas mauvais au fond ! (s'arrachant les cheveux) Perdre tout le temps !... Dire qu'avec un double six !... (haut à Gustave) (lui indiquant qu'il est chez lui) Je suis à vous. (haut à Gustave et sortant à gauche) Tous les six !

SCÈNE XIV

GUSTAVE (se promenant)

Tous les six ! Eh ! oui ! Deux témoins! pour lui ! Deux pour moi ! nous deux ça fait six. C'est égal ! il à l'air navré, le pauvre homme (il retourne s'asseoir). Comprend-on pareille étourderie! me voilà bien loti ! un ami de mon père ! si encore il y avait quelque chose ? mais je n'ai pas ça (il fait claquer son ongle sous la dent) à me reprocher, oh! si des espérances ! c'est justement ce qui me désespère !

SCÈNE XV

MARGUERITE. — GUSTAVE (1)

MARGUERITE (offensée)

Vous ici, malgré la promesse !

GUSTAVE (d'un air piteux)

Ah ! croyez bien qu'il n'y a pas de ma faute, mais ne récriminons pas ! cette fois, M. Mallard a plus que des

(1) Marg. Gust.

doute, il vient de me provoquer là, et une rencontre va fatalement avoir lieu !...

MARGUERITE (alarmée)

Que ditez-vous ?

GUSTAVE

Eloignez-vous, je vous en prie ! Mais partez donc, malheureuse ! .

MARGUERITE

C'est inutile! mon mari ne peut rien savoir.

GUSTAVE

Je vous jure !.. mais alors quand vous même vous affirmiez !..

MARGUERITE

Vous m'aviez promis de partir ? c'est tout ce que je voulais... vous éloigner...

GUSTAVE (éperdu)

Mais nous nous sommes trahis nous-mêmes, là, tantôt, j'ai...

MARGUERITE

Avoué ?

GUSTAVE

Accepté le combat, c'est tout comme !

MARGUERITE

Et c'est moi qui suis cause ! Ah ! Mon Dieu ! (à part) Il ne partira plus maintenant...

GUSTAVE (avec feu)

Marguerite ! (bruit de pas. Ils se remettent.) (Mallard entre à gauche une boîte sous le bras.)

SCÈNE XVI

LES MÊMES. — MALLARD (au milieu)

GUSTAVE (bas à Marguerite)

Des pistolets !

MALLARD (étonné désignant Gustave à Marguerite)

Regardez donc ! cette figure !

GUSTAVE

C'est que vous avez dit ! (Il fait le signe de jeter les dés. Comme dessus) Mais pas.... (il feint de tirer au pistolet.)

MALLARD

Eh bien !

GUSTAVE

Au pistolet... ici..! et le scandale !

MALLARD

Au pistolet !

MARGUERITE (intervenant)

Je vous jure, mon ami, que Monsieur n'a rien à se reprocher... (Clorinde entre à droite.)

SCÈNE XVII

LES MÊMES. — CLORINDE

MALLARD (impatienté)

Ah ! mais, ah ! mais ! que signifie tout ceci. (désignant Gustave) Ce trouble !

CLORINDE (également troublée)

Mon frère, je vous cherche depuis un moment, vous allez tout savoir. (bas à Gustave) Parlez donc !

MARGUERITE

Oh ! quelle idée ! une fois parti !.. (à Mallard) Monsieur Gustave est amoureux (désignant Clorinde des yeux.)

GUSTAVE (approuvant. Bas)

Oui ! oui !

MARGUERITE

De votre sœur !

MALLARD

De Clorinde ?

CLORINDE

Oh! mon cœur!

MALLARD (dépose ouverte sur le guéridon, la boîte. — A Clorinde)

Mes compliments (Il rit.)

GUSTAVE et MARGUERITE (à part, retenant leur rire)

Un tric-trac ! Il ne se doutait de rien !

MALLARD

Comment! D'où vient cette surprise ? Lui amoureux de Clo..... (soucieux) Non ! non ! il y a quelque chose.... attends donc ! (à Gustave) J'espère, Monsieur, qu'après cet aveu, vous allez me demander la main...

GUSTAVE (ahuri)

Moi! mais je n'ai jamais... (il jette des regards désespérés vers Marguerite qui contient son sourire.)

MALLARD (railleur)

Croyez que je n'ai pas oublié l'amitié qui me liait à votre père! d'ailleurs, ma sœur est majeure... n'est-ce pas ma sœur...?

CLORINDE (timidement)

Oui ! mon mon frère !.. (Gustave continue son jeu.)

MALLARD (s'en apperçoit)

Tiens! tiens! tiens! (il répète) *Méfiez-vous !* c'était donc pour ici (a Gustave) aussi vous acceptez...

GUSTAVE

Joué!... Je vous jure, monsieur, qu'il y a là un malen-tendu...

MALLARD

Dont je devine le véritable sens...

MARGUERITE (lui tend un carré de papier)

Lisez donc entêté! connaissez-vous cette écriture ?

MALLARD (réjoui)

Méfiez-vous ?... C'était toi?... et moi qui allais douter!... (il relit le billet)

MARGUERITE (à part)

Sérieusement cette fois!

CLORINDE

Ainsi c'est encore moi qui suis sacrifiée !

MALLARD (doucement à Clorinde)

Je crois qu'il faudra faire comme pour les meubles, ouvrir une enchère, car à l'amiable ! (à Gustave) Monsieur vous comprenez dans ce cas...

GUSTAVE

Il suffit ! (la main à sa bourse) Si dans mes chasses j'ai fait quelques dégats !... je...

MALLARD (l'arrêtant du geste et avec intention)

Laissez donc, s'ils sont purement matériels...

GUSTAVE (à part s'apprêtant à partir au fond).

Hélas !...

MALLARD (au public)

On ne m'y repincera plus... les cercles !... la députation ! (avec un soupir à Marguerite) Ah ! j'ai bien failli l'être un peu... (il se tâte le front)

MARGUERITE (le rassurant)

Ne vous chagrinez donc pas, vous la regrettez bien ? votre politi...

MALLARD (lui mettant la main sur la bouche)

Veux-tu bien te taire !... Clorinde avait raison avec son vieux proverbe ; qui trop embrasse...

MARGUERITE

Je sais le reste ! (Clorinde remonte)

MALLARD (l'attirant dans ses bras)

MARGUERITE (caline)

CLORINDE (à Gustave qui la salue)

Ingrat ! Vous ne m'avez pas comprise non plus !... (voyant que Mallard embrasse sa femme) Oh ! mon frère !... (elle détourne la tête et s'écarte à droite).

MARGUERITE (à Mallard qui la presse sur son cœur et l'embrasse)

Prenez-garde ! mon ami ! vous me serrez de trop-près... (elle regarde malicieusement Gustave) Souvent qui trop étreint... mal embrasse !...

ils saluent Gustave tous les deux Clorinde, met la main à son cœur

RIDEAU

MARSEILLE. — IMPRIMERIE BLANC ET BERNARD

Rue Sainte-Pauline, 2 à.

DU MÊME :

UN PRÉJUGÉ, Comédie en 1 acte, représentée, au Gymnase, en 1879.

CHRONIQUE LOCALE, Comédie en 1 acte, représentée, au Gymnase, en 1880.

DÉFLORÉE, Etude réaliste (édition épuisée).

DENIS-DUSSOUBS, Poème dramatique.

Marseille. — Typ. Blanc et Bernard, rue Ste-Pauline, 2 a.